INSTITUT DE FRANCE.

ACADÉMIE FRANÇAISE.

DISCOURS

PRONONCÉS DANS LA SÉANCE PUBLIQUE

TENUE

PAR L'ACADÉMIE FRANÇAISE

POUR LA RÉCEPTION

DE M. FRANÇOIS COPPÉE

Le 18 décembre 1884.

PARIS

TYPOGRAPHIE DE FIRMIN-DIDOT ET Cⁱᵉ

IMPRIMEURS DE L'INSTITUT DE FRANCE, RUE JACOB, 56

M DCCC LXXXIV

ACADÉMIE FRANÇAISE.

M. François Coppée, ayant été élu par l'Académie française à la place vacante par la mort de M. de Laprade, y est venu prendre séance le 18 décembre 1884, et a prononcé le discours suivant :

Messieurs,

Au moment où j'ai le redoutable honneur de parler devant vous, je suis assurément très ému; mais mon cœur, pénétré de gratitude, n'éprouve pourtant aucune crainte. Il circule autour de moi un effluve de sympathie qui m'échauffe et m'encourage. L'Académie, qui est une des rares et glorieuses institutions encore intactes et debout parmi les ruines de la vieille France, tient à ses anciens privilèges, et, en faveur du poète, à peu près banni de la société moderne, elle exerce généreusement le droit d'asile. Chez elle, il se sent en sûreté, dans une atmosphère de bienveillante protection, comme le fugitif des temps mérovingiens sous le cloître paisible de Saint-Martin de Tours. Je me lève donc plein de confiance, me rappelant quel culte vous gardez pour la poésie, confus sans doute d'être un de ses moindres serviteurs, mais certain que vous m'avez choisi comme un des plus fidèles.

Vous m'avez élu pour succéder à M. de Laprade, qui lui-même occupait au milieu de vous la place d'Alfred de Musset; et rarement, me semble-t-il, vous avez mieux prouvé que par ces élections successives votre goût hospitalier pour les poètes et la libérale variété de vos choix. Je diffère autant de mon prédécesseur qu'il ressemblait peu au sien; mais vous vous plaisez à ces contrastes. Après le grave contemplateur des glaciers et des hautes futaies, vous appelez à vous un rêveur des rues de Paris; ayant entendu le rossignol des Alpes emplir de sa voix puissante les solitudes du vallon nocturne, vous écoutez la petite chanson du bouvreuil en cage sur une fenêtre de faubourg. Il vous suffit que les deux oiseaux chantent à votre gré; et vous faites le même accueil aux deux poètes.

Une fois seulement, j'ai eu le bonheur d'approcher M. de Laprade, pendant un des courts voyages à Paris que sa santé lui permettait, il y a quelques années; une heure seulement, j'ai pu voir ce doux et noble visage, qui est encore présent à vos souvenirs. Mais, je puis le dire, nous nous connaissions de longue date. Écolier de vingt ans, j'avais plus d'une fois suivi, un de ses livres à la main, les allées tournantes de cette pépinière du

Luxembourg où, comme il l'a dit dans une de ses plus
gracieuses poésies :

> On feuilletait un jeune cœur,
> On s'absorbait dans un vieux livre.

Quand mes premières rimes furent imprimées, je les
lui offris en élève timide, il les lut en maître indulgent ;
et l'unique poignée de main que nous échangeâmes plus
tard ne fit que mieux unir mon respect filial à sa pater-
nelle sympathie. Il m'en a donné plus d'un témoignage.
Je conserve précieusement et souvent je relis avec émotion une lettre de M. de Laprade dans laquelle il me
remercie d'une page bien sincère écrite sur ses œuvres,
et « conçoit l'espérance » — ce sont ses propres expres-
sions — « d'être un jour loué par moi dans un lieu plus
« retentissant et plus solennel ». Ce désir, il l'a confié à
plusieurs d'entre vous ; il l'exprimait encore, dans les
derniers jours de sa vie, devant sa chère famille. J'éprouve
une grande douceur à croire que son suffrage ne me
manque pas aujourd'hui, et j'aime la tâche que vous m'im-
posez de faire l'éloge d'un poète de race qui fut excellent
pour moi ; car je suis soutenu dans ce devoir par deux
sentiments, l'admiration et la reconnaissance.

Issu d'une noble et ancienne famille du Forez, Pierre-
Marin-Victor Richard de Laprade naquit en 1812, à Montbrison, contrée montagneuse et boisée. Deux veuves, ses
aïeules, le bercèrent avec de tragiques histoires du temps
de la Terreur. L'une d'elles, sa grand'mère du côté
maternel, portait sur son cœur, comme une relique, l'admirable testament de son mari, M. Chevassieu, maire de

Montbrison, fusillé à Feurs, avec dix autres parents des
Laprade, dans un massacre de vingt-huit victimes ordonné
par Javogne, un des plus hideux proconsuls d'alors.
L'aïeul paternel du poète, M. Marin de Laprade, soldat
et savant, qui avait vaillamment porté l'épée de cadet,
avant d'exercer avec talent la carrière médicale à Montbrison, avait comparu, le même jour que son ami M. Chevassieu, devant le tribunal de sang. Absous par hasard, il
avait peu survécu à cette terrible journée. Ainsi entrèrent
dans l'âme du poète, dès ses premières années, les deux
convictions qu'il conserva toute sa vie; il puisa dans la
vue sublime des montagnes l'amour de la liberté, et dans
les sinistres légendes de son foyer l'horreur de la Révo-
lution.

Dès lors, dans cette libre poussée au milieu d'un beau
paysage, son esprit reçut aussi, je le crois, le germe de ce
sentiment de la nature qu'il devait répandre, si intense et
si grandiose, dans tous ses poèmes. Je veux me reporter
par l'imagination, comme il l'a fait si souvent par le souvenir, au temps de sa rustique enfance. La famille, une
famille de cadets, déjà médiocrement pourvue avant 89,
est absolument ruinée; elle ne possède plus guère que la
vieille maison, débris d'une demeure seigneuriale, avec sa
tourelle d'angle et son mur où les saxifrages détruisent, en
les fleurissant, quelques vestiges d'anciens ornements
sculptés. Le père, médecin comme l'aïeul, est loin d'être
encore devenu le professeur de clinique qui fera plus tard
de savants élèves à l'École de médecine de Lyon: à l'heure
qu'il est, il ressemble beaucoup au bon docteur de *Pernette*.
C'est un praticien de province, qui va dès le matin visi-

ter ses malades, au trot d'une jument paysanne. La mère
et l'aïeule consacrent les longues heures de la journée aux
soins du logis, mais surtout au nouveau-né. Quand le ciel
sourit, elles l'emportent dans la campagne, qui est tout
proche, au bout de quelque ruelle solitaire. On fait halte
bientôt, sur la lisière d'un bois, devant un large horizon.
Là, l'enfant se roule dans l'herbe, essaye ses premiers pas
sous les chênes, tourne vaguement ses regards du côté des
cimes lointaines. On ne revient qu'au coucher du soleil,
pour le repas du soir; et lorsque le père rentre à son tour
et présente à sa jeune femme une poignée de fleurs
alpestres, qu'il a cueillies, en conduisant son cheval par la
bride, le long d'un chemin escarpé, la mère les pose en
souriant sur le berceau du petit garçon, endormi déjà, et le
futur poète des sommets respire jusque dans ses premiers
rêves l'enivrant et salubre parfum des montagnes.

Ce parfum, qu'il aima toute sa vie et qui embaume
toute son œuvre, il en eut la nostalgie pendant son séjour
entre les hautes murailles du lugubre lycée de Lyon. Celui
qui devait écrire, sous le titre de *l'Éducation homicide*, des
pages brûlantes d'indignation contre les dangers de l'in-
ternat, souffrit plus que tout autre de ces années de
caserne imposées à l'enfance. Animé de l'esprit du devoir
et de la discipline, il fit de fortes et excellentes études :
mais il était surtout soutenu par l'espoir des vacances dans
ses chères montagnes foréziennes, où celui qui devait être
le poète de la nature se retrempait dans la nature.

Il sortit épuisé, presque mourant, de sa prison scolaire,
et il fallut le généreux soleil du Midi pour lui rendre la
santé et la force de son âge. M. de Laprade fit son droit

à Aix-en-Provence, où il vécut quatre ans, et tous les témoins de cette époque de sa vie le représentent comme un étudiant laborieux, mais d'un caractère expansif, parfois même d'une gaieté débordante. N'aimez-vous pas cette joyeuse jeunesse précédant une vie de hautes vertus et une œuvre austère? Le fleuve coule majestueusement entre deux calmes rives; mais remontez à la source, vous la découvrirez où il y a des gazouillements et de la verdure. On peut dire que M. de Laprade ignorait alors sa vocation. Sans doute, cette Provence qui ressemble à la Grèce, ces paysages arides, mais aux lignes magnifiquement harmonieuses, ces côtes, ces promontoires de la Méditerranée qui se découpent sur le bleu du ciel et se reflètent dans le bleu de la mer, éveillaient sourdement l'inspiration chez un lecteur enthousiaste d'Homère et d'André Chénier. Mais, sincèrement humble de cœur, il s'estimait assez heureux de comprendre, d'admirer les poètes, et n'osait croire qu'il en fût un lui-même. Ses amis lui révélèrent son noble pouvoir. Il en comptait beaucoup parmi les Lyonnais, ses compatriotes, et aussi dans un groupe d'étudiants appartenant à la noblesse polonaise, réfugiés en France depuis la récente proscription. L'un de ces jeunes gens insista pour que M. de Laprade écrivît quelques strophes sur son album. C'en était fait; le vase avait débordé. Depuis ce jour, l'élève en droit fit des vers; mais toujours modeste, il les faisait seulement pour lui, pour ses camarades, sans l'ombre d'une ambition littéraire, sans rêve de succès et de gloire. N'avais-je pas raison de comparer la poésie de M. de Laprade à une source? Elle jaillissait de lui, naturellement, sans effort, limpide et chantante au départ comme l'eau d'une source dans les bois, mais, comme elle aussi, discrète d'abord et cachée.

Ses études de droit terminées, gardant toujours une grande défiance du goût impérieux qui l'entraînait vers les lettres, M. de Laprade se fit inscrire au barreau de Lyon, plaida quelque peu, remplit auprès d'un avocat en vogue les fonctions de secrétaire, songea même un instant à entrer dans la magistrature. Celui qui fut par la suite un professeur éloquent et disert, prenait ainsi l'habitude de la parole, quand un voyage en Suisse et en Savoie, qui lui révéla les grandes Alpes, exalta jusqu'à l'enivrement ses facultés poétiques. Il sentit sa pensée s'élever avec sa personne dans l'ascension des pics blancs de neige, et la vue des aigles qui passaient lui fit comprendre qu'il avait le grand coup d'aile. Il revint cependant, quelque temps encore, dans la sombre étude du quartier Saint-Jean où il feuilletait, d'un doigt distrait, les paperasses judiciaires ; mais, quand il en sortit, à la fin de son stage, quand il se décida à venir à Paris tenter la fortune de la publicité, il emportait une grande partie des *Odes et Poèmes*, des *Poèmes évangéliques,* et sa *Psyché* tout entière.

J'ai dit qu'il n'était pas un ambitieux. Rien en lui de ces grands hommes de province, si fortement dépeints par Balzac, dans sa *Comédie humaine,* qui se ruent sur Paris en berçant leurs rêves de domination au trot des lourdes diligences et jettent à l'énorme capitale, du haut de quelque mansarde de la montagne Sainte-Geneviève, le défi du conquérant. M. de Laprade, pour nous servir d'un mot qui aurait plu à son tempérament religieux, ne vient à Paris qu'en pèlerinage. Hadji littéraire, il foulera le sol de La Mecque intellectuelle ; mais, cette fois-ci comme les autres, il n'y fera qu'un séjour limité. Bientôt il repartira, non seulement pour se replonger dans la nature où il puise ses meilleures inspirations, mais aussi pour revoir sa patrie adoptive, cette ville de Lyon qu'il aime, qu'il préfère au tumultueux, au fiévreux Paris, cette ville de Lyon. grandiose et triste, un peu brumeuse aussi parfois, comme la pensée du poète, et que domine l'autel aérien de Notre-Dame-de-Fourvières ainsi que l'œuvre de M. de Laprade est dominée par l'idée de Dieu.

Je puis évoquer devant vous l'image de l'auteur de *Psyché* à ce moment de sa jeunesse déjà mûrie et devenue grave, tel qu'il fut introduit à Paris dans quelques sociétés d'élite, tel qu'il fut présenté notamment, par son compatriote Ballanche, à l'Abbaye-aux-Bois, ou il s'inclina devant le majestueux silence de Chateaubriand. Ce portrait est signé du nom de notre maître à nous tous, les poètes. d'un maître qui fut particulièrement celui de M. de Laprade. du nom cher et vénéré de Lamartine :

« Il était grand », dit-il, en parlant du jeune homme qui vint le saluer à Saint-Point, « il était grand, élancé, la tête chargée de modestie, un « peu inclinée en avant, le regard bleu et nuancé de blanches visions « comme une eau de golfe traversée par beaucoup de voiles, le front plein. « les traits mâles, quoique avec une expression générale mélancolique, le « teint pâli par la lampe. la physionomie pieuse. si l'on peut se servir de « cette expression, c'est-à-dire la physionomie d'un jeune homme qui « écoute les voix célestes entendues de lui seul, et dont la pensée, consu- « mée du doux feu de l'encensoir. monte habituellement en haut plus « qu'elle ne se répand sur les choses visibles d'ici-bas. »

Il y a, dans ces lignes magistrales. plus qu'un portrait idéalisé du poète ; il y a la définition même de son génie

poétique, qui venait de se révéler alors au monde littéraire
par la publication de *Psyché*.

Vous l'admirez tous, cette pure fleur de poésie éclose
dans un esprit pénétré par Platon, ébloui par Phidias,
mais resté, malgré sa juvénile témérité, sincèrement, absolument chrétien ; vous le connaissez, ce poème charmant
et profond où l'auteur, employant le plus gracieux des
symboles, montre, dans la légende de cette jeune fille
devenant l'épouse d'Éros, la destinée de l'âme humaine
s'unissant à Dieu dans l'éternité ; où le poète, éclairant,
rajeunissant en quelque sorte aux lueurs de la philosophie
la mythologie antique, en dégage la signification morale,
le spiritualisme supérieur, l'idée profondément religieuse.
Conception nouvelle et hardie, où se trouve une fois de
plus posé l'insoluble problème qui a inquiété et inquiétera
le monde jusqu'à son dernier soir : car toujours Ève
regarde d'un œil plein de désir les fruits de l'arbre de la
Science ; toujours Psyché allume en tremblant sa lampe
pour contempler le visage de son divin amant ; toujours
l'épouse de Lohengrin a sur les lèvres la question inter-
dite ; et, jusque dans les Contes de berceuses, toujours la
femme de Barbe-Bleue serre dans sa main frémissante la
clef de la chambre défendue. Toujours le mystère ! Toujours
Isis sous son voile ! Toujours l'inflexible et désespérante
consigne passée à l'homme d'âge en âge : Aimer et croire
sans connaître !

Ce poème de *Psyché*, dont je ne puis qu'indiquer le sens
philosophique, mais dont je ne saurais trop louer la forme
impeccable, où le dessin classique s'allie à la couleur
moderne, fut bientôt suivi des *Odes et Poèmes*. C'est là, je

n'hésite pas à le dire, que M. de Laprade, dans toute la
force de son talent, a fait sa plus riche et sa plus féconde
moisson lyrique; c'est là qu'il a chanté, avec cet enthousiasme, cette exubérance de jeunesse que les poètes eux-
mêmes n'éprouvent qu'une fois dans la vie, son cantique à
la gloire de l'univers visible, son hymne à la nature.

Aucune analyse ne vaut la vue d'un chef-d'œuvre, et
l'éloge doit ici faire place à la citation. Relisons donc
ensemble, si vous le voulez bien, un fragment de ce *Poème
de l'Arbre*, où est exprimée, avec une poésie supérieure à
toutes les éloquences, la fusion de l'âme humaine et des
choses; relisons ces vers impérissables, qui rayonneront
dans le trésor des anthologies comme les planètes dans le
ciel d'une nuit étoilée :

A UN GRAND ARBRE

L'esprit calme des dieux habite dans les plantes.
Heureux est le grand arbre aux feuillages épais ;
Dans son corps large et sain la sève coule en paix,
Mais le sang se consume en nos veines brûlantes.

A la croupe du mont tu sièges comme un roi :
Sur ce trône abrité, je t'aime et je t'envie :
Je voudrais échanger ton être avec ma vie,
Et me dresser tranquille et sage comme toi.

Le vent n'effleure pas le sol où tu m'accueilles :
L'orage y descendrait sans pouvoir t'ébranler :
Sur tes plus hauts rameaux, que seuls on voit trembler,
Comme une eau lente, à peine il fait gémir tes feuilles.

L'aube, un instant, les touche avec son doigt vermeil :
Sur tes obscurs réseaux semant sa lueur blanche,
La lune aux pieds d'argent descend de branche en branche.
Et midi baigne en plein ton front dans le soleil.

L'éternelle Cybèle embrasse tes pieds fermes;
Les secrets de son sein, tu les sens, tu les vois;
Au commun réservoir en silence tu bois,
Enlacé dans ces flancs où dorment tous les germes.

Salut, toi qu'en naissant l'homme aurait adoré!
Notre âge, qui se rue aux luttes convulsives,
Te voyant immobile a douté que tu vives,
Et ne reconnaît plus en toi d'hôte sacré.

Ah! moi je sens qu'une âme est là sous ton écorce :
Tu n'as pas nos transports et nos désirs de feu,
Mais tu rêves, profond et serein comme un dieu;
Ton immobilité repose sur ta force.

Salut! Un charme agit et s'échange entre nous.
Arbre, je suis peu fier de l'humaine nature;
Un esprit revêtu d'écorce et de verdure
Me semble aussi puissant que le nôtre et plus doux.

Verse à flots sur mon front ton ombre qui m'apaise;
Puisse mon sang dormir et mon corps s'affaisser;
Que j'existe un moment sans vouloir ni penser :
La volonté me trouble, et la raison me pèse.

Je souffre du désir, orage intérieur;
Mais tu ne connais, toi, ni l'espoir ni le doute,
Et tu n'as su jamais ce que le plaisir coûte;
Tu ne l'achètes pas au prix de la douleur.

Quand un beau jour commence et quand le mal fait trêve,
Les promesses du ciel ne valent pas l'oubli;
Dieu même ne peut rien sur le temps accompli;
Nul songe n'est si doux qu'un long sommeil sans rêve.

Le chêne a le repos, l'homme a la liberté...
Que ne puis-je en ce lieu prendre avec toi racines!
Obéir, sans penser, à des forces divines,
C'est être dieu soi-même, et c'est ta volupté.

Verse, ah ! verse dans moi les fraîcheurs printanières,
Les bruits mélodieux des essaims et des nids,
Et le frissonnement des songes infinis ;
Pour ta sérénité je t'aime entre nos frères.

Si j'avais, comme toi, tout un mont pour soutien,
Si mes deux pieds trempaient dans la source des choses,
Si l'Aurore humectait mes cheveux de ses roses,
Si mon cœur recélait toute la paix du tien ;

Si j'étais un grand chêne avec ta sève pure,
Pour tous, ainsi que toi, bon, riche, hospitalier,
J'abriterais l'abeille et l'oiseau familier
Qui, sur ton front touffu, répandent le murmure ;

Mes feuilles verseraient l'oubli sacré du mal,
Le sommeil, à mes pieds, monterait de la mousse :
Et là viendraient tous ceux que la cité repousse
Écouter ce silence où parle l'idéal.

Nourri par la nature, au destin résignée,
Des esprits qu'elle aspire et qui la font rêver.
Sans trembler devant lui, comme sans le braver,
Du bûcheron divin j'attendrais la cognée.

Cette ivresse, cette exaltation du poète devant la nature
ont trompé des critiques superficiels ; ils ont cru y dis-
cerner un penchant vers le panthéisme mystique, vers
cet espoir vague, mais passionné, de s'unir à Dieu dans
les choses, de s'ensevelir ainsi, de s'anéantir dans son
sein. M. de Laprade a été très sensible à cette accusation, car elle offensait ses plus chères croyances. Mais
son œuvre est là qui proteste. Jamais, dans ses plus
complètes extases, dans les heures où il unit plus intime-
ment son âme à l'univers, il n'oublie celui qui en est

l'auteur; jamais dans ses vers la personne humaine ne cesse d'être distincte de la personne divine, dont le monde est l'ouvrage et dont les spectacles les plus enchanteurs ne sont que la manifestation. Il y a, dans les doctrines panthéistes, une très séduisante et, par conséquent, très dangereuse embûche tendue à notre raison pour la faire choir dans l'adoration de la matière. L'auteur d'*Hermia,* — je cite à dessein le titre de ce poème, le plus mystique de tous ceux de M. de Laprade, — n'y est point tombé. Sa pensée se mêle un moment à la Création, mais pour remonter aussitôt vers le Créateur : elle est pareille à l'eau du ciel, qui est absorbée par la terre, mais pour reparaître bientôt dans le flot des sources, dont le murmure est une prière, dans la rosée des fleurs, dont le parfum est un encens.

Les *Poèmes évangéliques,* ainsi que les recueils qui les suivirent, prouvèrent d'ailleurs que le besoin de solitude du poète avait été sans danger pour sa foi chrétienne, que le démon du doute n'était pas venu le tenter dans ses retraites au désert, et qu'il n'y avait pas été pris, comme les gymnosophistes de l'Inde, par le dégoût de la vie et par le vertige du néant. Maintenant, c'est Dieu, toujours Dieu, qu'il adore dans la nature; il garde pour elle le même ardent amour, mais, sous toutes ses apparences, il ne cesse de voir distinctement l'idéal divin; il lui emprunte des symboles, mais à l'imitation de Celui qui parlait si délicieusement sur la montagne des lis des champs et des oiseaux du ciel. De par son pouvoir de magicien lyrique, il prête une voix aux glaciers et aux torrents, il anime les chênes et les roses; mais toute cette symphonie n'éclate

que pour la plus grande gloire du Maître vivant et créateur
et monte tout droit vers le ciel. Sacrifiant sur les hauts
lieux et oubliant peut-être un peu trop l'humanité qui
s'agite et souffre dans les vallées, M. de Laprade approche
alors, autant que le permet le siècle, de l'idéal qu'il s'est
fait du poëte des temps primitifs, de l'antique Orphée ; il
devient, selon la belle expression de Lamartine, un véri-
table prêtre de la parole chantée. Le mot *Dieu* est celui
qui jaillit le plus souvent de sa plume ; et, dans ses vers
harmonieux et limpides, le nom sacré retentit sans cesse,
ainsi que résonne, le soir, au milieu des bruits de la campagne, la voix d'une cloche de village appelant obstiné-
ment les fidèles à la prière.

Qu'on ne s'y trompe pas, cependant : mes paroles
auraient étrangement trahi ma pensée si je vous avais re-
présenté M. de Laprade comme un rêveur en dehors de
toute humanité, un muezzin criant sans relâche le nom
d'Allah du haut des minarets, un hiérophante toujours
absorbé dans les mystères. Il n'a point cette monotonie
sacerdotale ; il est beaucoup plus humain. Dans les *Sym-
phonies*, par exemple, livre qui marque, selon moi, le point
culminant de son œuvre, bien des poëmes, tels que *Rosa
mystica* et la *Tour d'Ivoire*, contiennent un élément déjà
plus vivant, plus dramatique, sont écrits sous la dictée de
la passion. De plus, le poëte excelle dans l'expression de
beaucoup de sentiments intimes, des sentiments de famille
surtout, et les vers par lui dédiés à sa mère, à son père, à
ses aïeux, sont pleins de tendresse respectueuse et font
prévoir qu'il trouvera plus tard les accents si touchants du
Livre d'un Père. Dans ce domaine de la sensibilité, il abonde

en mots de la plus pénétrante émotion, en vers tout entiers
jaillis du cœur. Qui osera lui reprocher d'avoir gardé pour
lui seul certains secrets de son âme, ou du moins de ne les
avoir laissé deviner qu'à travers le brouillard de l'abstrac-
tion ou sous le voile de l'allégorie? Sans doute, la plupart
des poètes modernes ne nous ont pas habitués à tant de
réserve; ils ont un besoin, un abandon de confidence, parfois bien indiscret, mais dont, moins que tout autre,
j'aurais le droit de leur faire un crime, ayant moi-même à
confesser quelques fautes vénielles sur ce point. N'est-ce
pas un motif de plus pour que je respecte, pour que
j'admire le chaste silence de M. de Laprade, qui lui était
imposé par le plus délicat des sentiments, par la pudeur?

Tant d'ouvrages d'une inspiration si haute et si pure,
d'une forme si parfaite, avaient désigné M. de Laprade à
l'attention, aux récompenses de l'Académie Française.
Parlant à M. de Laprade de ces lauréats qui deviennent
des candidats, puis des élus, M. Vitet a comparé spiri-
tuellement l'Académie à une mère de famille prévoyante
qui songe d'avance aux alliances possibles. On peut donc
dire que, depuis longtemps, M de Laprade était pour
l'Académie plus qu'un prétendant, mais une sorte de
fiancé. Il augmentait ses titres à votre suprême faveur par
ses remarquables leçons à la Faculté des lettres de Lyon,
où l'avait appelé, dès 1847, la bienveillance de M. de
Salvandy et où il commentait, en poète et en philosophe,
les chefs-d'œuvre de notre littérature nationale. Admis,
encore jeune, à l'honneur de siéger parmi vous, goûtant la
douceur d'une heureuse union et voyant grandir autour
de lui une belle et nombreuse famille, aimant cette noble

profession de l'Enseignement supérieur, qui laissait assez
de loisir au rêveur, assez de vacances au montagnard,
sans richesses mais sans besoins, satisfait de sa renommée parmi les lecteurs choisis, renommée que n'avait
même pas souhaitée cet artiste vraiment désintéressé,
M. de Laprade vécut alors des jours calmes et prospères,
que le travail et les joies du foyer suffisaient à remplir.
Ce ciel était trop pur; un orage, un orage politique, y
éclata.

Profondément attaché à ses convictions monarchiques
et religieuses, M. de Laprade n'avait pas été sans partager
les espérances, les illusions, pour mieux dire, qui naquirent
dans beaucoup d'esprits à la suite de l'inexplicable révo-
lution de Février, et il fut de ceux qu'assombrit le coup
d'État du 2 décembre. Néanmoins, il ne manifesta pas tout
d'abord son antipathie contre le nouveau régime, estimant
sans doute, et avec raison, que le poète est libre de ne se
point jeter dans les tumultes. Mais, vers 1860, quand
les conséquences de la guerre d'Italie inquiétèrent les
catholiques, il publia, sur les choses du temps, quelques
satires, plutôt morales que politiques, dont l'une, intitulée
les *Muses d'État*, fit destituer son auteur. L'émotion fut
grande, la fonction de professeur de Faculté ayant été
considérée jusque-là comme à peu près inamovible.

Permettez-moi de ne pas m'étendre sur les satires de
M. de Laprade. Ce n'est pas qu'on n'y puisse rencontrer
beaucoup de bon, et même de l'excellent; on y re-
marque surtout une puissance d'ironie, une verve mor-
dante qu'on ne soupçonnerait pas chez l'auteur de *Psyché*,
et cette main, habituée à toucher la lyre virgilienne, a su

faire vibrer les cordes d'airain de Juvénal. Mais ces satires
datent de loin, et n'offrent plus qu'un intérêt rétrospectif.
N'est-ce pas là d'ailleurs le sort ordinaire des vers politiques et ne sont-ils pas comparables aux balles de guerre?
Elles sifflent et font leur œuvre de destruction, le jour du
combat; mais elles sont froides, quand on les ramasse, le
lendemain, sur le champ de bataille.

J'aime mieux insister sur la force d'âme qu'opposa le
poète au coup qui le frappait. Ce coup lui était particulièrement cruel, car il diminuait ses médiocres ressources et
l'atteignait dans ses besoins de père de famille; mais il
ennoblit encore plus cette existence si noble, en y ajou-
tant la beauté du malheur, du malheur subi avec le plus
simple et le plus fier courage. M. de Laprade dédaigna la
popularité que sa disgrâce lui improvisait, n'eut aucune fai-
blesse, ne laissa échapper aucune plainte; il vécut seulement dans une plus étroite retraite et travailla davantage.
On peut dire qu'à partir de cette heure de crise, le caractère
de cet homme de bien se rapprocha autant qu'il est possible de la perfection morale et se revêtit d'une suprême
dignité. Dans le cabinet paisible où il s'attarde près de sa
lampe, protégé par le regard des portraits d'ancêtres, il
peut maintenant, comme il l'a raconté dans un mâle poème,
voir surgir, une nuit, l'ombre du grand Corneille en personne. Le père de *Polyeucte* et d'*Horace* est heureux de
visiter dans sa solitude ce chrétien résigné, ce bon patriote,
ce frère pauvre, et il lui sourit avec bienveillance. Un tel
hôte est digne en effet d'accueillir Corneille, de lui dire :
Sieds-toi! de parler avec lui d'honneur sévère, de stoïque
devoir, et d'écrire sous sa dictée des vers dignes du maître.

3

L'incursion de M. de Laprade dans le domaine de la
satire eut, du reste, un autre avantage que de lui four-
nir l'occasion de montrer, dans un jour d'adversité, la
hauteur et la beauté de son âme ; elle lui révéla un style
plus souple, plus familier, sans qu'il cessât d'être lyrique ;
elle détendit, elle humanisa, en quelque sorte, son inspiration. Désormais le poète gravira toujours les cimes, mais,
à la descente, il s'arrêtera dans les villages, entrera dans les
fermes, s'entretiendra avec les laboureurs ; et la grandiose
solitude de ses paysages va se peupler de figures touchantes. C'est ainsi qu'il écrit *Pernette*, et le succès populaire
de cet émouvant et charmant récit le récompense de cette
rénovation de son talent. Dans cette idylle héroïque,
M. de Laprade n'a pas seulement doté les lettres françaises
d'un poème qui se peut comparer sans désavantage à
l'*Hermann et Dorothée* de Gœthe ; mais, comme pressen-
tant nos prochains malheurs, il a, d'un geste prophétique,
montré aux paysans le vieux fusil pendu par deux clous
aux murs de la chaumière, l'arme de chasse pendant la
paix, d'embuscade aux jours d'invasion, que plus d'un
désespéré de nos pays de l'Est devait bientôt emporter
sous sa blouse, par les nuits sans lune, et dont les coups
mortels firent vider les étriers à bien des éclaireurs
allemands.

Quand l'horrible guerre éclata, quand le double désastre
de Reichshoffen et de Sedan nous fit monter la rougeur à
la face, l'auteur de *Pernette*, malgré sa barbe grise, aurait
bien voulu imiter le héros de son poème, Pierre le franc-
chasseur, et saisir à son tour le fusil du volontaire, le mous-
quet rouillé des Chouanneries et des Guerillas ; car aucun

citoyen n'éprouva plus profondément, plus douloureusement que lui cette impression de viol et d'outrage qui alors déchira tous les cœurs. Mais, cloué dans son logis moins par l'âge que par le mal qui devait faire de ses dernières années une lente agonie, il ne put qu'accompagner nos soldats de ses ardentes prières et de ses vœux passionnés. Il ne faillit pas du moins à ce devoir, et parmi les cris de guerre qu'arrachait alors à nos poètes le désespoir national, il en poussa d'admirables. Où trouvera-t-on plus d'enthousiasme vraiment français, plus d'éloquence patriotique, que dans les vers de M. de Laprade aux Bretons, que dans ces strophes enflammées, où l'Arverne se souvient que les habitants des landes de l'Ouest sont Celtes comme lui et que leurs pères ont lutté jusqu'au bout contre les légions romaines ; où le montagnard, qui a sans doute dans les veines une goutte du sang de Vercingétorix, crie éperdument : Aux armes ! vers le pays de Beaumanoir et de Du Guesclin ?

> Allez donc, ô géants, ô Bretagne, ô Vendée !
> Allez, Saints de l'Anjou !
> De sauvages impurs la France est inondée ;
> Peuple chrétien, debout !
>
> C'est notre Dieu sanglant qui vous appelle aux armes,
> Qui vous commande ici.
> Saint Louis, Jeanne d'Arc, les yeux baignés de larmes,
> Vous adjurent aussi.
>
> Il s'agit de leur France et de son âme entière ;
> Car le Teuton vainqueur
> Veut moins, dans son orgueil, rogner notre frontière
> Qu'égorger notre honneur !

Il rêve d'effacer la France de l'histoire,
         Par le fer, par le feu,
Et de faire servir son infâme victoire
         A nier notre Dieu.

Il rêve de fonder un droit contraire au nôtre,
         D'affirmer hautement
Que le Peuple Français n'est plus le peuple apôtre,
         Que la liberté ment.

Aux armes, fiers Bretons, fils de libres ancêtres,
         Qui, seuls dans l'univers,
N'avez jamais fléchi sous Rome et sous des maîtres,
         Jamais porté de fers !

Aux armes, Vendéens, dont la race héroïque
         De paysans-soldats,
Quand l'Europe tremblait devant la République,
         Seule ne tremblait pas !

Bretons et Vendéens, famille encor meurtrie
         De nos injustes coups,
Vengez-vous, ô martyrs, en sauvant la patrie :
         Les Bleus comptent sur vous.

         .   .   .   .

              .   .   .   .

C'est à vous, paysans, d'achever l'œuvre sainte ;
         Debout les vieux Gaulois !
Et fauchons l'étranger sous cette ferme enceinte
         Du temple de nos lois.

Lutèce vous attend, l'Europe vous regarde,
         O guerriers de l'Arvor !
Que Dieu, pour vous guider, suscite un puissant barde
         Dont la harpe soit d'or ;

Qu'il réveille vos morts au fond de leurs cavernes,
         Vos aïeux en courroux !
Je vous jette ce cri du pied des monts arvernes,
         Moi, Celte comme vous !

Après les suprèmes défaites, la ville de Lyon choisit
M. de Laprade comme un de ses représentants à l'Assem-
blée nationale. Aucune main plus pure ne signa la paix
douloureuse, et le patriote resta à son poste jusqu'à la
fin du danger. Mais son état maladif s'aggravait chaque
jour et, de plus, il avait été pris tout de suite d'une singu-
lière répugnance pour la vie parlementaire. Au milieu de
cette agitation, de ces intrigues, il regrettait ses *templa
serena*, le calme de la famille, le recueillement du travail,
les méditations en pleine nature. Dès 1873, il donna sa
démission; quelques ambitieux, toujours occupés à compter les voix d'un parti, s'en plaignirent; et cependant
rien n'était plus légitime que cet acte d'un homme de
pensée et d'étude reconquérant sa liberté, et il aurait pu
répondre à ceux qui le blâmaient que le meilleur moyen
offert au poète de prouver qu'il est un bon citoyen, c'est
encore d'enrichir de quelques belles œuvres le trésor littéraire de son pays.

Rentré dans sa studieuse retraite, M. de Laprade se remit
à l'œuvre, et, dans les rares heures où il n'était pas obsédé
par la maladie, il composa celui de ses livres où se mani-
festent le plus directement ses sentiments intimes, cette
suite de courts et charmants chefs-d'œuvre qui forment le
Livre d'un Père. Qu'elles sont nobles et touchantes, dans
leur simplicité d'expression, les paroles que prononce le
vieillard devant ses enfants groupés autour de son fauteuil,
devant ces fronts inégaux où il dépose de si mâles conseils
et sur lesquels il appuie de si tendres baisers! « *Soyez des
hommes!* » leur dit-il; car il songe que, nés dans une époque
troublée, ils sont destinés à la lutte; car il se reproche

presque d'avoir lui-même négligé l'action pour le rêve :
« Soyez des hommes! »

J'ai trop souvent, mes doux lecteurs,
Parmi les bruyères fleuries,
Parmi les bois, sur les hauteurs,
Conduit vos jeunes rêveries.

J'aimais à cueillir, à genoux,
Au bord des neiges les fleurs roses,
Sous mes doigts exprimant pour vous
Les parfums intimes des choses.

Je voulais, seul, dans ces beaux lieux,
Loin du monde, à côté des nues,
Nourrir vos cœurs purs et joyeux
Du miel des plantes inconnues ;

Et dans le calme des forêts,
Aux feux des aurores vermeilles,
Vous faire adorer de plus près
Le Dieu qui créa ces merveilles.

Ce Dieu nous appelle, aujourd'hui,
Autre part que dans la nature ;
Il nous faut pour marcher à lui
Revêtir une forte armure.

Notre poste est dans les cités,
Dans ces combats à toute outrance
Où l'on blesse des deux côtés,
O Christ! votre soldat... LA FRANCE.

Déserts visités en rêvant,
J'aspirai, du moins, sur vos cimes,
Dans le souffle du Dieu vivant
L'espoir et les désirs sublimes.

C'est lui que nous allions chercher
Sous les sapins, sur la bruyère ;
Nous grandissions sur le rocher,
Dans l'art sacré de la prière ;

Et nous rapportions des sommets
Mieux que des vers et des fleurs vaines,
Une foi qui ne meurt jamais,
Et l'amour, ce sang de nos veines.

En cueillant les lis frais éclos,
Ma muse, à ces heures champêtres,
Taillait aussi des javelots
Dans les frênes et dans les hêtres.

Montrez, amis, à quoi vous sert
D'avoir habité son domaine ;
Sortis plus vaillants du désert,
Entrez dans la bataille humaine.

Élevez vos cœurs et vos yeux
Vers les sommets de notre histoire ;
Saluez l'œuvre des aïeux
Et leurs noms rayonnants de gloire.

Pour exciter votre vigueur
Nourrissez-vous de leurs exemples ;
Humbles comme eux près du Seigneur,
Soyez fiers au sortir des temples.

Fuyez, oubliez pour toujours,
Tout prêts à de sanglants baptêmes,
Les fleurs, les chansons, les amours,
Mes chères Alpes elles-mêmes,

Le bleu des lacs si doux à voir,
Les bois, ma vieille idolâtrie...
Tout ce qui n'est pas LE DEVOIR,
Tout ce qui n'est pas LA PATRIE.

Ne soupirons plus mollement.
Fuyons toute lyre énervante.
Arrière le faux sentiment!
Place à la foi ferme et vivante!

Il faut de plus mâles sauveurs
Dans l'affreux orage où nous sommes.
Nous avons eu trop de rêveurs.
Soyez des hommes!

Ces beaux vers, que j'ai tenu à vous relire, me semblent bien résumer la pensée générale du dernier ouvrage de M. de Laprade. Jamais le sentiment paternel, dont ici chaque page est brûlante, ne tombe dans l'attendrissement sénile et maladif. C'est bien le livre d'un père, d'un père au cœur rempli d'amour, d'un père prodigue de caresses, mais qui, tout en adorant ses enfants, prétend leur souffler le haut et sévère idéal et la passion des grands devoirs qu'il tient lui-même de ses aïeux.

Vers la fin de la vie de M. de Laprade, l'ironique fortune lui donna les richesses de ce monde qu'il avait toujours méprisées. Il eut du moins la satisfaction de les laisser à sa famille, dont les soins pieux et le tendre respect ont adouci le martyre de ses dernières années. Martyre subi avec un admirable courage, et je puis même dire, en me rappelant les lettres écrites par le malade de son lit de torture, avec une surprenante gaieté. Quand la mort mit un terme à ses souffrances, ce chrétien qui les avait supportées avec tant de résignation, cet homme de foi et de vertu eut la fin dont il était digne : il s'éteignit avec la sérénité d'un saint.

J'ai accompli mon pieux devoir. J'ai essayé de retracer

devant vous, autant qu'il était possible de le faire dans les
étroites limites d'un discours, la vie et l'œuvre d'un
poète qui a suivi la route de l'Art, les yeux toujours
fixés, comme un berger de l'Écriture, sur l'étoile de
l'Idéal; d'un poète qui serait au premier rang, s'il n'était
pas né dans un siècle qui a donné à la France Alfred de
Musset, Lamartine et Victor Hugo, et dans lequel vous
avez eu, Messieurs, l'orgueil de compter de tels hommes
dans vos rangs. Nous pouvons encore contempler l'admirable vieillesse de l'auteur de la *Légende des Siècles,* mais
ceux qui ont écrit *Jocelyn* et *les Nuits* ne sont plus. Après
de pareils génies, qui ont mis la poésie française au-dessus
de toutes les autres, il se produit, dans la pensée d'un
peuple, une sorte de lassitude et d'épuisement, de même
que, dans une marée montante, les petits flots succèdent
aux grosses lames. Les yeux éblouis d'un sublime coucher
de soleil, vous vous tournez vers l'avenir, vers le levant,
vous regardez avec mélancolie les tremblantes étoiles qui
palpitent encore dans le ciel poétique. Vos choix deviennent donc forcément indulgents. Mais, fidèles à votre
passé et respectueux de vos anciennes gloires, vous con-
servez ici leurs places aux poètes, aux seuls poètes de
bonne foi et de bonne volonté; et vous ne tenez pour tels
que ceux qui, comme M. de Laprade, cherchent dans la
poésie l'expression la plus noble de la pensée et ne la
mettent au service que de ce qu'il y a dans le cœur humain
d'héroïque, de tendre et de généreux.

RÉPONSE
DE M. CHERBULIEZ
DIRECTEUR DE L'ACADÉMIE FRANÇAISE

AU DISCOURS
DE M. FRANÇOIS COPPÉE

Prononcé dans la séance du 18 décembre 1884.

Monsieur,

Vous avez raison de croire aux sympathies qui vous accueillent ici. Vous êtes le plus jeune d'entre nous; cet heureux défaut vous servira. Il y a dans toutes les familles des prédilections secrètes pour les Benjamins. Au surplus, nous vivons dans un temps où les vieilles institutions, comme les vieux arbres, sont exposées à de jalouses malveillances; l'Académie pourrait alléguer votre jeunesse aux impertinents qui lui reprocheraient son grand âge. Mais vous venez d'ajouter un titre à tous ceux dont vous pouviez vous prévaloir pour vous recommander à sa faveur. Vous avez parlé avec autant de chaleur que d'élévation de l'homme

éminent auquel vous succédez; il avait prouvé sa clair-
voyance en souhaitant d'être loué par vous. Sa mémoire
est chère à notre Compagnie, qui lui témoigna l'estime
particulière où elle le tenait lorsqu'elle fit violence à son
règlement pour lui ouvrir ses portes. Professeur de Faculté
à Lyon, il fut dispensé de la condition de résidence à
Paris, privilège qui n'avait été accordé jusqu'alors à aucun
académicien laïque. On le traita ce jour-là en évêque.

Vous avez payé votre tribut et à l'homme et au poète.
M. de Laprade attachait encore plus de prix au respect
qu'à l'admiration; il a su conquérir l'un et l'autre. Le
milieu où il était né, les influences dont s'est ressentie sa
première jeunesse, la contagion des saints exemples lui
avaient rendu facile le métier d'honnête homme, qui est
pourtant le plus difficile de tous. Il avait appris de sa mère
les douces résignations, le bonheur modeste qui se passe
de beaucoup de choses, la médiocrité des désirs, qui est
la seule médiocrité désirable. Son père lui avait enseigné
l'art de se tenir debout, et c'est encore un art difficile à
pratiquer. La fierté de son esprit ne fut jamais à la merci
ni des événements ni des puissants de la terre, et quand
tout semblait condamner ses opinions comme ses espérances, il leur demeura fidèle jusqu'à la fin. Il l'a dit lui-
même : « J'étais né fidèle à jamais. » Une opinion est
bien peu de chose, c'est une grande chose que la fidélité,
et à quelque parti que nous attellent les hasards de la vie,
on est sûr de l'honorer en ayant du caractère. C'est parmi
les hommes qui en ont que se recrute ici-bas le paradis
des honnêtes gens. Quelle que soit la couleur de leur
cocarde, on en voit arriver des points les plus opposés de

l'horizon, et, s'aimant peu, ils sont fort surpris de se rencontrer. Ils se disent l'un à l'autre : « Tiens, vous en êtes! je ne l'aurais jamais cru. »

Si M. de Laprade fut toujours constant dans ses affections politiques, je n'oserais pas affirmer comme vous qu'il n'ait jamais varié dans ses croyances religieuses ou du moins dans sa métaphysique de poète, qu'il n'ait point essayé d'accommoder à sa façon l'éternel procès de la science et de la foi, des vieux dogmes et des idées nouvelles, qu'il ait atteint du premier coup à cette certitude où se sont reposés son âge mûr et sa vieillesse. Avant de s'asseoir, il avait marché ; tous les esprits supérieurs pourraient conter leurs voyages. Ils ont leurs départs et leurs arrivées, quelquefois leurs aventures. Votre prédécesseur nous a confessé que sa muse avait fréquenté tour à tour l'Hymette et le Calvaire. En citant l'un de ses plus admirables poèmes, vous avez éprouvé le besoin de le défendre contre l'accusation de panthéisme. Quand il aurait été un peu panthéiste dans sa jeunesse, je n'y verrais pas grand mal, et ses vers ne m'en sembleraient pas moins beaux. Mais je doute qu'il ait jamais été philosophe. Il n'avait pas cette impassibilité de l'esprit qui, insoucieuse des conséquences, sacrifie tout à la rigueur des principes. Quand on estime qu'un défaut de logique est le seul malheur que doive redouter le sage, on est prêt à accepter sans s'émouvoir les vérités cruelles. M. de Laprade a toujours raisonné avec son cœur, et une doctrine ne pouvait plaire à son intelligence lorsque son imagination n'en était pas contente.

Ce n'est pas un philosophe, c'est un mystique qui a

marqué dans l'histoire de sa pensée et dont la doctrine a
déteint sur ses premiers vers. Je veux parler de l'auteur
d'*Antigone* et de la *Vision d'Hébal*, du palingénésiste Ballanche, qu'on avait surnommé le théosophe, de celui qu'on
appelait volontiers le doux Ballanche ; mais on n'a jamais
dit Ballanche le clair, Ballanche le précis et le concis.
Diderot, qui n'aimait guère les théosophes, les définissait :
« Des hommes d'une imagination ardente qui corrompent
la théologie et obscurcissent la philosophie. » Le mot est
dur. Je dirais plutôt que les théosophes sécularisent le
dogme et s'en servent pour tout expliquer, les événements, les catastrophes de l'histoire aussi bien que les
incidents les plus ordinaires de la vie de tous les jours,
tellement qu'on peut les accuser de recourir à l'inexplicable pour expliquer des choses qui s'expliquent toutes
seules. Méprisant les causes secondes et découvrant du
divin partout, Ballanche s'exposait aux objections des
âmes pieuses, qui lui en voulaient de profaner les saints
mystères en les employant à tous les services, tandis que
les gens d'un esprit rassis le traitaient de rêveur sublime.
C'est le malheur des théosophes, ils sont à la fois en déli-
catesse avec le bon Dieu et avec le bon sens. M. de
Laprade, que Sainte-Beuve appelait « un Ballanche limpide, un Ballanche sans bégaiement », s'était formé à
l'école de ce penseur distingué, quoiqu'un peu trouble,
dont il disait « que c'était le maître qui lui avait légué le
plus d'idées ». Ainsi que son maître, il voyait du divin
partout, et son admiration pour les vieux chênes avait la
ferveur onctueuse d'un culte, d'une dévotion. Plus tard, il
s'est frappé la poitrine, s'accusant d'avoir trop sacrifié aux

erreurs d'un siècle qui, perdu dans ses voies et ne sachant
plus ce qu'il doit adorer, joint les idolâtries aux mé-
créances :

> Du savoir orgueilleux j'ai trop subi le charme ;
> De la seule raison acceptant le secours,
> J'ai demandé ma force aux sages de nos jours.

Conscience trop délicate, que de gens seraient heureux de
n'avoir jamais commis d'autres péchés que les vôtres!

Dans l'exagération de son repentir, il alla jusqu'à décla-
rer que pour sentir et chanter la nature, il faut croire au
Dieu personnel et libre. Assertion téméraire, à laquelle
l'histoire des lettres inflige de solennels démentis. Lucrèce
ne croyait qu'aux atomes, Gœthe ne croyait pas au Dieu
personnel, et il est presque impossible de savoir ce que
Shakspeare croyait. La grande poésie n'est la prisonnière
d'aucune église, d'aucune école. André Chénier, qui
n'avait pas d'autre religion que le naturisme du XVIIIe siècle, se proposait de célébrer dans un poème en trois
chants ses dieux aveugles et sourds. Que ne lui a-t-on
laissé le temps d'exécuter son dessein! Notre littérature
compterait un monument de plus. Pour ma part, je me
représente facilement qu'un darwinien convaincu pourrait
traduire en beaux vers la théorie de l'évolution et de la
lutte pour l'existence, à la seule condition qu'il eût reçu
du ciel avec le génie du rythme le don des images, la
chaleur et le tourment de l'âme, et qu'il fût un de ces
voyants qui nous font voir tout ce qu'ils voient.

S'il y a eu deux Laprade, il faut convenir qu'ils se res-
semblaient beaucoup et même à ce point qu'on a souvent

peine à les distinguer. Le premier comme le second, l'auteur de *Psyché* comme l'auteur de la *Tour d'ivoire*, avait en partage la pureté du sentiment, la noblesse des goûts et des pensées, l'accent sonore et musical et, selon la parole d'un grand critique, « l'abondance, le fleuve de l'expression ». La poésie de votre prédécesseur peut se comparer tantôt à une urne qui s'épanche, et le flot limpide tombe de haut, tantôt à une fumée d'encens qui ne cesse de monter que lorsqu'elle a rencontré le ciel. La note dominante de son génie était l'adoration, et la plupart de ses poésies sont des cantiques.

Il se proclamait fièrement le soldat de l'idéal; à mon avis, Lamartine avait mieux trouvé en le baptisant du nom d'Orphée chrétien. Je vous avoue, en effet, qu'appliqué à la poésie et à l'art, ce mot d'idéal ne m'a jamais paru clair et qu'il me semble prêter aux équivoques. Si l'on entend par là une beauté souveraine dont la nature n'offre point le modèle, dont l'imagination ne peut préciser les contours, dont aucune forme ne saurait exprimer la perfection, l'idéal a ce grave défaut que son caractère consiste à n'en point avoir, et qu'est-ce qu'une beauté sans caractère? Une idée ne devient belle qu'en se réalisant, c'est-à-dire en entrant dans le monde des existences contingentes, où les genres se divisent en espèces, les espèces en variétés, où tout se différencie et se nuance à l'infini. Nous connaissons, vous et moi, des chênes, des sapins et des noisetiers ; nous n'avons jamais vu l'arbre idéal, et j'ajoute que nous sommes peu curieux de le voir. Mais, sans doute, Laprade s'entendait. Il voulait dire qu'il avait eu toute sa vie l'amour du grand, du noble et du pur, qu'il savait les chercher où ils se trouvent, et c'est une gloire que personne ne lui contestera.

Plus d'une fois, la paresse de ses lecteurs s'est plainte des efforts qu'il leur imposait pour le suivre dans ses hardies et périlleuses ascensions. On reprochait à sa muse la hauteur continue de son vol et de pécher par un excès de spiritualité. Un critique lui représenta que les sens étaient trop absents de sa poésie, qu'on y pouvait cheminer longtemps sans y rencontrer une femme, et qu'il avait trop peu de ce que Musset avait de trop. Un autre lui conseillait de nous prendre pour ce que nous sommes et d'imiter les navigateurs qui donnent des colliers aux sauvages pour sauver la cargaison. Il avait défini l'homme : « Un être demi-dieu et demi-brute, » et c'était pour le demi-dieu qu'il chantait. Nous ne sommes pas souvent des demi-dieux, mais nous ne sommes pas toujours des demi-brutes. La plupart du temps, nous sommes de grands enfants, qui aiment à mêler des jeux à leur grosse affaire, qui est de vivre ; et pour nous plaire, il faut que la poésie s'accommode à nos faiblesses, à nos curiosités profanes et qu'elle soit profondément humaine.

J'ai lu quelque part qu'un saint évangéliste avait converti une négresse et en avait fait une bonne chrétienne, à cela près qu'elle ne priait jamais. Il la chapitrait à ce sujet, elle répondait pour se justifier : — « Je n'ose pas ; que puis-je avoir à lui dire ? Il est si grand et je suis si petite ! » — Après l'avoir grondée, son directeur tâcha de persuader à sa timidité que n'ayant point de morgue, celui à qui elle n'osait parler aimait les petites gens. — « Laissez là vos vains scrupules, disait-il ;

invitez-le sans façons à venir vous voir chez vous, soyez sûre qu'il viendra et qu'il vous emmènera chez lui. » On peut appliquer à la poésie ce que l'évangéliste disait de la religion. Si elle veut établir un commerce entre elle et nous, grossiers personnages, si elle veut nous arracher quelques instants à nos dissipations, à nos chagrins, à nos plaisirs, à nos intérêts, elle est tenue de faire les premiers pas, de nous prévenir, d'avoir pour nous de débonnaires indulgences. Qu'elle ne nous attende pas sur sa montagne ! Elle risquerait de nous attendre longtemps ; nous dirions : « C'est trop loin ! C'est trop haut ! » Il faut qu'elle vienne nous trouver chez nous et que nous prenant par la main, elle nous emmène chez elle. Dante le savait bien : s'il n'avait eu soin de nous raconter Françoise de Rimini, Farinata et les tortures d'Ugolin, peu d'entre nous peut-être l'accompagneraient dans son paradis. Mais M. de Laprade a su confondre ses accusateurs, ceux qui lui reprochaient que sa poésie n'était pas assez humaine, qu'elle était trop éthérée, trop céleste pour nous attirer. Il leur a fait à tous la meilleure des réponses : il a écrit cette *Pernette*, dont vous avez si bien parlé ; il a écrit ses chants patriotiques ; il a écrit le *Livre d'un père*, et il a montré que son talent était aussi souple qu'abondant, que les vrais poètes, quand il leur convient, savent ajouter des cordes à leur lyre.

Et vous aussi, Monsieur, vous êtes un vrai poète. Cela prouve que la poésie comme tous les arts a beaucoup de genres, qu'il y a beaucoup de demeures dans sa maison ; car vous le disiez tantôt, vous ressemblez bien peu à votre prédécesseur, et vous ajoutiez fort justement qu'en vous choisissant pour le remplacer parmi nous, notre Compagnie

semblait avoir témoigné à la fois de son amour pour le
talent et de son goût pour les contrastes. M. de Laprade
a composé d'admirables cantiques ; ce n'est pas là que
vous portent vos inclinations, et vous n'êtes pas homme
à faire violence à votre naturel. Il a composé des pièces
satiriques où respire l'enthousiasme du mépris et de la
haine, et je me suis laissé dire que vous ne haïssiez personne ; c'est sans doute pour cette raison que vous n'avez
point d'ennemis. Je connais des gens qui prétendent
que cela vous manque ; qu'un bon ennemi, si déplaisant
que soit son visage, est souvent un donneur de bons avis.
Mais pourquoi vous souhaiter un bien dont vous ne sentez
pas la privation ? En revanche, vous avez fait beaucoup de
choses que M. de Laprade n'aurait pu faire. Vous avez
publié des contes en prose ; la couleur, l'effet, le piquant,
le ragoût, tout s'y trouve. Je m'empresse d'ajouter qu'il
n'a jamais rien écrit pour le théâtre. Il n'avait pas la vocation ; vous avez démontré la vôtre en écrivant cette char-
mante rêverie dialoguée du *Passant*, qui commença votre
réputation, et sans oublier le *Luthier de Crémone* dont le
succès fut si vif, ce beau drame de *Severo Torelli*, que tout
Paris applaudissait naguère, éclatante victoire qui vous en
promet d'autres. Cependant je ne vous parlerai ici ni de
vos contes ni de vos drames, non que je veuille rien déro-
ber à votre renommée, mais je crois connaître vos secrètes
préférences et je soupçonne que si l'on vous demandait qui
l'Académie française a choisi pour succéder à M. de Laprade, vous répondriez avec une juste fierté : « C'est l'auteur des *Intimités*, des *Humbles*, des *Promenades et Inté-
rieurs*, des *Récits et Élégies* et des *Poèmes modernes*. »

Votre prédécesseur était né dans les montagnes du Forez, et quand son corps était à Lyon, son imagination habitait encore les bois. Vous êtes, Monsieur, un Parisien de Paris, né de parents nés à Paris, et votre enfance s'est écoulée dans l'enceinte des fortifications. Ce ne sont pas les rochers et les torrents qui vous ont inspiré vos premiers vers, et vous n'avez jamais dit : « Je suis le fils du granit et des manoirs!... Les chênes de cent ans sont trop jeunes pour moi. » C'est une plante adorable que la renoncule glaciale qu'on cueille sur les hautes cimes, en grattant la neige; mais il ne faut pas dédaigner, comme une espèce trop vulgaire, la joubarbe qui pousse parmi les mousses des toits ou le coquelicot bien rouge, qui sonne sa fanfare sur la crête d'une vieille muraille effritée. Vous n'avez jamais pensé qu'il n'y eût de beau que le rare, et vous avez découvert de bonne heure que les choses les plus communes ont une grâce de nouveauté pour qui sait les voir.

D'ailleurs, quand il vous plaisait de rêver le voyage au long cours, vous aviez le Musée de marine. Le plus souvent, Paris vous suffisait, ce Paris qu'on s'amuse quelquefois à maudire et dont un étranger disait que c'est la seule ville qui se fasse aimer comme une femme. Vous ne ressentiez pas pour elle une demi-tendresse, vous l'avez chantée en amoureux. Mais ce qui vous attirait le plus, ce n'étaient pas ses grandes places et ses grandes rues, le Paris des hôtels et des palais, des oisifs et des riches. Vous promeniez vos rêveries dans les plus tristes quartiers, jusque dans ces terrains vagues qui se terminent aux bastions gazonnés des remparts, paysages ingrats,

mais dont l'ingratitude a du caractère et je ne sais quel
haut goût dans la laideur. Il vous arrivait de pousser plus
loin vos aventures, de vous échapper dans la banlieue, où
de doux spectacles vous attendaient. Un gai cabaret entre
deux champs de blé, un vieux mur où pendait encore
quelque lambeau d'affiche, les éternels joueurs de bouchon
en manches de chemise, les bals en plein vent, les balan-
çoires qui grincent, les pissenlits frissonnant dans un
coin, voilà ce que virent en s'ouvrant les yeux gris de
votre muse et ce que vous avez su rendre en traits inef-
façables. Vous ne craignez pas de l'avouer, — quand vous
avez vu plus tard l'Océan et les Alpes, le regret des bords
de la Seine vous suivait partout, et vous disiez :

> Je rêve d'un faubourg plein d'enfance et de jeux,
> D'un coteau tout pelé d'où ma muse s'applique
> A noter les tons fins d'un ciel mélancolique,
> D'un bout de Bièvre, avec quelques champs oubliés,
> Où l'on tend une corde aux troncs des peupliers,
> Pour y faire sécher la toile et la flanelle,
> Ou d'un coin pour pêcher dans l'île de Grenelle.

Vous avez raison, on ne se lasse pas de noter les tons
fins du ciel de Paris. Il en est de plus chauds et de plus
brillants ; mais, dans ses beaux jours, il a des douceurs
incomparables, et les peintres le savent bien.

Ceux qui ont un goût exclusif pour les grands sujets
comme pour les paysages héroïques, ceux qui s'imaginent
que la poésie ne doit accorder l'entrée de son divin
royaume qu'aux grandes choses et aux êtres rares, excep-
tionnels, ont pu apprendre de vous que les petites choses
et les petits hommes y acquièrent facilement le droit de

cité. Plus d'un poète, plus d'un romancier professent un souverain mépris pour le bourgeois et ne s'occupent de lui que pour célébrer ses ridicules. S'ils consentaient à faire leur examen de conscience, ces superbes contempteurs du bourgeois seraient forcés d'avouer qu'ils en tiennent, et qu'en le fustigeant ils se donnent les verges à eux-mêmes. Sont-ils malades ou simplement enrhumés, leur mauvaise humeur ressemble beaucoup à celle d'un bourgeois. Ont-ils des chagrins domestiques, leurs yeux se mouillent de larmes très bourgeoises. Éprouvent-ils des disgrâces ou des prospérités d'amour-propre, leurs livres se vendent-ils ou ne se vendent-ils pas, vous les voyez tristes, moroses comme un boutiquier que ses chalands abandonnent pour la maison d'en face, ou ils se frottent les mains comme les gens d'affaires qui en font de bonnes. Hommes de génie, confessez que le fond de l'homme est le bourgeois ! Vous l'avez pensé, Monsieur, et votre muse compatissante, ouvrant ses bras, s'est écriée : « Laissez venir à moi les petits marchands, les petits rentiers ! » Ils sont venus et s'en sont bien trouvés. Vous les avez accueillis, fêtés. Ils vous ont fait leurs confidences, et vous avez raconté leurs joies comme leurs douleurs avec une bonne grâce exquise. S'il s'y mêlait de temps à autre une pointe de malice, c'était une malice sans amertume et sans venin.

J'aime beaucoup vos petits bourgeois. J'aime surtout certain couple, un vieil homme avec sa vieille femme, que vous avez logés au bout d'un faubourg, près des champs. Vous nous vantez leur bonheur et leur jardin, et il me semble que j'ai vu leur toit pointu, surmonté d'une

girouette, leurs carrés de roses, l'ornement de fer sur le
vieux puits, la treille soutenue par des cercles de tonneau ;
près du seuil, un paisible chien noir dort au soleil de
midi ; les pierrots sautillent sur le sable fin des allées ; le
maître de la maison en habit blanc, en chapeau de paille,
armé d'un sécateur qui lui sort à moitié de la poche, se
penche sur un rosier pour le débarrasser d'une chenille
ou d'un colimaçon. Sa femme tricote à l'ombre d'un bos-
quet. Par la porte entr'ouverte on aperçoit un salon meu-
blé à l'ancienne mode :

> Une pendule avec Napoléon dessus,
> Et des têtes de sphinx à tous les bras de chaise.

Dans cette demeure, tout est patriarcal, on y a le culte
des traditions :

> Ils mettent de côté la bûche de Noël,
> Ils songent à l'avance aux lessives futures,....

— Mais ne souriez pas ! ajoutez-vous. Chez eux, tout est
vieux, sauf le cœur, et ils savourent les douces voluptés
que procurent les douces habitudes.

> Chaque dimanche, ils ont leur fille avec leur gendre ;
> Le jardinet s'emplit du rire des enfants,
> Et, bien que les après-midi soient étouffants,
> L'on puise et l'on arrose, et la journée est courte.
> Puis, quand le pâtissier survient avec la tourte,
> On s'attable au jardin, déjà moins échauffé,
> Et la lune se lève au moment du café.

Que nous les connaissons bien ! et que vous avez le don
de voir et de faire voir !

Les humbles vous sont chers, et ils vous ont fourni le

titre d'un de vos recueils. Personne n'a su montrer mieux que vous tout ce qu'il peut tenir d'événements, d'émotions, de grandes espérances et de grandes déconvenues dans une petite et obscure destinée. Un de mes amis, savant docteur en esthétique, qui se piquait de ne goûter que la poésie à turban et à cothurne, nourrissait d'aveugles préventions contre vous. « Lisez-le, lui disais-je un jour, en lui présentant *les Humbles,* et vous changerez d'avis. » Il les ouvrit au hasard, et ses yeux tombèrent sur une pièce intitulée : *le Petit Épicier.* Il fit la grimace et ne laissa pas de lire. Il allait toujours, il alla jusqu'au bout, et ses yeux disaient : « Eh! oui, c'est de la vraie poésie. » Il n'en convint pas, les docteurs ne conviennent jamais de rien. Mais il fit mieux; en me quittant, il acheta le volume. De tous les hommages qu'on peut rendre à un poète, c'est le plus sincère et celui qui le touche le plus.

Vous excellez dans la poésie familière et domestique, dans les tableaux d'intérieur, et vos charmantes petites toiles me font penser aux maîtres de l'école hollandaise, à Miéris, à Terburg, que vous égalez souvent par la précision du faire, par la franchise du trait, par la liberté d'un pinceau toujours exact sans être jamais léché ni minutieux, et aussi, comme on l'a remarqué, par la spirituelle bonhomie de la touche. « Bonhomie vaut mieux que raillerie, » a dit le plus impitoyable des railleurs. On se targue aujourd'hui d'être malin; mais la malice, qui sert à tout, ne suffit à rien; c'est la sincérité, c'est l'honnête candeur qui fait l'artiste. Hélas! le temps des bons enfants est passé; espérons qu'il reviendra. Aux qualités des peintres hollandais vous en joignez de toutes françaises, la grâce facile, les heureuses rapidités, quelque chose de vif et d'enlevé. Platon avait déjà défini le poète une chose sacrée, ailée et légère. Platon savait ce qu'il disait, n'est pas léger qui veut.

Mais vous n'avez pas chanté seulement les petits bourgeois. Les poètes ont le droit de se chanter eux-mêmes, de dire à l'univers tout ce qui se passe ou pourrait se passer dans leur cœur. C'est une liberté que vous avez souvent prise. On retrouve dans vos poésies intimes, dans vos élégies, les mêmes qualités que dans vos tableaux de genre. Tout y est net, lumineux; vous avez la sainte horreur du brouillard; qui pourrait vous en blâmer? Vous ne connaissez guère ce que nos voisins de l'Est appellent le *Weltschmerz*, c'est-à-dire la douleur d'être né ou ce pessimisme bilieux qui trouve le monde mal fait et voudrait le refaire. Vos rêves sont presque toujours modestes et, sans bouleverser la terre et le ciel, on aurait bientôt fait de contenter vos ambitions. Dans un moment où vous étiez dégoûté de Paris, il vous a paru que le sort le plus enviable, le plus doux, était celui d'un conservateur d'hypothèques dans une ville très calme et sans chemin de fer. Le sous-préfet vous voulait du bien, vous invitait à dîner, et vous lisiez au dessert votre épître, votre fable ou des quatrains très mordants, qui ne tardaient pas à courir la ville. On se les redisait tout bas sans nommer l'auteur, et vous aviez le plaisir, tout en gardant vos hypothèques, de dauber sur le prochain sans vous compromettre, sans vous brouiller avec personne... Soyez prudent, Monsieur; il faut se défier des indiscrets! Une autre fois, vous étiez non pas curé, mais simple vicaire dans quelque vieil évêché de province, un de ces vicaires qui connaissent leurs classiques, mais qui sont encore plus gourmands que latinistes; on vous comblait de gâteries, de fruits glacés. Votre confessionnal était fort recherché des dévotes, et chaque jour, à la même heure, par la rue où l'herbe encadre le pavé, vous alliez à Notre-Dame

> Faire un somme, bercé d'un murmure de femme.

Ce ne sont pas là vos rêves habituels. Vous ne vous êtes marié qu'en vers et qu'en songe, mais c'est un songe que vous avez souvent fait et qui vous a inspiré six pièces intitulées : *Jeunes Filles,* que je compte parmi les plus achevées qui soient sorties de votre plume. Un jour, à travers la grille d'un frais cottage, vous apercevez une amazone, svelte et blonde, debout entre deux gros vases de faïence et portant sous son bras

> Sa lourde jupe, avec un charmant embarras.

Vous vous représentez aussitôt un bonheur calme et patricien,

> Où cette noble enfant vous serait fiancée.

Quelquefois vous en demandez davantage, et votre imagination s'échappe jusque dans les sphères inaccessibles. Une princesse royale, aux yeux clairs, en robe de satin blanc, nu-tête, vous apparaît dans un parc scandinave, et vous lui criez de loin, de très loin :

> Je suis un czarévich, très blond et presque enfant,
> Qui porte ce jour-là l'ordre de l'Éléphant
> Pour faire à votre père ainsi ma politesse,
> Et je viens demander la main de Votre Altesse.

Vraiment, vous ne vous refusez rien ; c'est le privilège du poète. Vous étiez plus modeste le jour d'été que, cheminant dans un train de banlieue, vous avez entrevu à la station de Sèvres un groupe de trois sœurs presque pareilles : mêmes robes, mêmes cheveux au vent et mêmes chapeaux à fleurs. Les yeux brillants de joie, elles agitaient leurs ombrelles pour faire signe à leur père, brave homme aux gros favoris grisonnants, qui rapportait de Paris un tas de paquets. Il vous a semblé qu'il s'occupait de pourvoir son aînée, et vous avez dit :

Peut-être eût-il suffi de quitter le train là.

Mais, méprisant votre idylle bourgeoise, vous ne l'avez pas quitté et vous avez bien fait. C'était sans doute ce train mystérieux qu'on prend, comme disait Henri Heine, quand on veut devenir un homme célèbre et, pour surcroît de bonheur, un académicien. Il est arrivé, vous voilà.

Possédant le don si rare de conter en vers, vous l'avez appliqué tour à tour à de petits et à de grands sujets. Après vos tableaux de genre, vous avez peint de plus grandes toiles et témoigné de la variété de vos ressources, de la longueur de votre souffle. Qui ne connaît votre *Grève des Forgerons* et votre *Naufragé ?* Qui n'a entendu réciter dans quelque salon votre *Bénédiction,* l'histoire de ce prêtre qui meurt en achevant sa prière et du tambour qui éclate de rire ? Vous vous êtes essayé avec un égal succès dans d'autres genres encore. Vous n'avez pas craint d'emboucher la trompette héroïque. Le moyen âge et ses chevaliers, l'Égypte et ses pharaons, l'hirondelle de Bud-

dha, Sennachérib, Mahomet II, saint Vincent de Paul vous
ont fourni des motifs que vous avez traités avec autant
d'ampleur que d'éclat.

Vous confessiez dernièrement aux élèves du lycée
Saint-Louis que vous étiez dans votre enfance un assez
piètre écolier, un externe paresseux, mais excusable,
étant débile et maladif. Vous ne saviez pas vos leçons,
vous promettiez à vos parents de les apprendre en tra-
versant le Luxembourg; mais le jardin était délicieux, les
buissons étaient en fleurs, vous arriviez au lycée avec une
branche de lilas « chipée » à la Pépinière et écrasée entre
les pages de votre grammaire de Burnouf, et quand il fal-
lait conjuguer votre verbe grec ou passer au tableau, vous
gardiez le silence d'un « cancre ». Le mot n'est pas de
moi, je n'en suis pas responsable. Mais vous ajoutiez que
depuis vous aviez su rattraper le temps perdu, que vous
aviez beaucoup lu, beaucoup réfléchi, que vous aviez com-
pris que, dans l'existence d'un artiste, le travail doit être
le frère du rêve. On s'en aperçoit en examinant de près
vos récits épiques, où se meuvent avec aisance des figures
savamment étudiées. On croit voir, en vous lisant, le petit
épicier de Montrouge, celui qui cassait son sucre avec
méthode et quelquefois avec mélancolie; on croit voir
aussi votre Mahomet II, jetant en pâture à ses janissaires
révoltés la tête sanglante de sa favorite.

Vous appartenez à une école qui a bien mérité de la
poésie française en recommandant à ses adeptes le soin et
même le scrupule de la forme. Elle fait la guerre à toutes
les facilités dangereuses, aux tours lâchés, à la stérile
abondance qui dit en quatre vers ce qui peut se dire en

deux, aux chevilles, à la bourre, aux épithètes oiseuses et vagues. Lorsqu'elle prêche la sévère exactitude, elle retourne aux vraies traditions de l'art. « Messa abondante en pigeons! » disait le vieil Homère. Je n'ai jamais vu Messa, mais un voyageur m'a assuré qu'aujourd'hui encore les pigeons y abondent. L'école nouvelle attache une grande importance à la science de la facture comme à la richesse de la rime. On disait autrefois un rimeur, pour parler d'un méchant poétereau, et cependant, comme l'un de vos confrères l'a justement remarqué, le vers est suspendu tout entier à la rime comme à un clou d'or, et le mot qui le termine a la puissance magique d'évoquer en nous le sentiment ou la vision que voulait nous communiquer le poète.

La poésie a sa couleur, elle a aussi sa musique et, comme tous les arts, elle arrive à l'âme en passant par les sens. Je veux bien qu'on la considère comme un plaisir de l'esprit; mais notre esprit a ses sensualités, et tout plaisir a son ivresse. Assurément, de tous les plaisirs sensuels, celui que nous procurent de beaux vers est le plus délicat, le plus subtil, le plus raffiné; encore faut-il qu'on nous le procure ou nous n'aurons pas notre compte. Une poésie sans cadence et pauvrement rimée, une poésie qui n'a pas des surprises pour notre oreille comme pour notre pensée, une poésie qui ne grise pas un peu, est la plus cruelle des déceptions, et les voluptés qu'on nous faisait espérer se changent en pénitences. Sans doute, les meilleures choses ont leurs abus, et la science de la facture a ses pédants, qui la réduisent en recettes, qui ne voient plus que le métier, que les procédés. Tel habile ouvrier en vers se

croit poète et ne le sera jamais. L'un de nos meilleurs
paysagistes a coutume de dire à ses élèves : « Mettez sur
cette toile quelque chose que vous ayez senti, avec un
bon dessin par-dessous; c'est tout l'art. » Pour mettre
par-dessous le bon dessin, il faut posséder à fond son métier; mais le sentir ne s'apprend pas. L'artiste appar-
tient à une école comme à une grande église où il com-
munie avec ses frères, mais dont il interprète le dogme à sa
façon; car le vrai talent est une hérésie personnelle, et pour
être original, il faut être quelqu'un. Je ne vous étonnerai
pas, Monsieur, en vous assurant que vous êtes quelqu'un.

Ce qui vous est bien personnel, c'est le tour d'esprit
qui se révèle dans la plupart de vos œuvres, le penchant
que vous avez à mêler toujours le bon sens à la fantaisie.
En toute chose vous avez le goût de la justesse, de la
mesure ; vous vous tenez en garde contre l'exagération,
qui, malgré nos prétentions à la vérité vraie, est notre
grande maladie littéraire. *Oratio maculosa et turgida*,
disait Pétrone. Quoique vous ayez raconté plus d'une
fois de sombres histoires, vous n'êtes pas de la race
des emphatiques, ni de la famille des plaintifs et des
dolents. Je l'ai déjà dit, dans ce siècle de pessimistes,
vous êtes, en somme, un poète de belle humeur. Cependant, dès votre jeune âge, vous avez connu les sévérités
de la vie et du devoir, et vous avez eu besoin de beaucoup
de vaillance pour vous ouvrir votre chemin. Quand votre
père mourut, vous aviez vingt ans; il vous léguait, avec le
souvenir de sa vertu, une famille à faire vivre. Vous eûtes
dès lors charge d'âmes, et au travail que vous aimiez il
fallut joindre un métier qui vous plaisait moins. Employé

dans un ministère, vous aviez peu de loisirs ; vous preniez sur vos nuits, sur votre santé, pour sacrifier au démon qui vous possédait. Vous avez brûlé, dit-on, trois mille vers de jeunesse, et vous avez publié le *Reliquaire* à vos frais. Deux ans plus tard paraissaient les *Intimités ;* il ne s'en vendit que soixante-dix exemplaires. Mais enfin, comme par hasard, le *Passant* fut joué ; le lendemain, tous les échos répétaient votre nom.

Les artistes comme les savants entrent rarement dans la renommée et dans le bonheur par la porte qu'ils avaient choisie. « J'ai cru longtemps, écrivait Voltaire, que Newton avait fait sa fortune par son extrême mérite, que la cour et la ville de Londres l'avaient nommé par acclamation grand maître des monnaies du royaume. Point du tout : Isaac Newton avait une nièce assez aimable ; elle plut beaucoup au grand trésorier Halifax. Le calcul infinitésimal et la gravitation ne lui auraient servi de rien sans sa jolie nièce. » Selon toute apparence, Newton n'aimait pas beaucoup qu'on lui parlât de sa jolie nièce. Vous aviez la vôtre, c'était votre comédie, et vous éprouviez une sourde irritation quand on vous appelait à tout propos l'heureux auteur du *Passant*. C'est peut-être pour cela que je vous en ai si peu parlé.

Oui, vous avez eu vos peines, vos chagrins, vos tourments, vous avez connu la fatigue des grands efforts, et pourtant vous avez tout pardonné à la destinée. En vérité, vous seriez bien injuste de lui garder rancune. Elle vous a octroyé ses grâces les plus précieuses en vous faisant goûter toute la douceur des affections de famille, en vous faisant naître et grandir près d'un foyer de tendresse toujours allumé, où vous pouviez à toute heure réchauffer votre courage et vos espérances. Avoir été tendrement aimé dans sa première jeunesse, c'est le privilège suprême ; la vie tout entière en reste jeune, et en cet instant même, je crois vous entendre murmurer le vers qui termine un de vos plus charmants dizains :

> Ma mère, sois bénie entre toutes les femmes !

Toutefois, si heureux que soient les gens de lettres, ils ne sont jamais tout à fait contents ; et tantôt, en commençant votre discours, vous avez laissé échapper une plainte que je vous reproche comme une injustice. Vous nous avez dit que le poète était à peu près banni de la société moderne, vous vous êtes comparé au fugitif des temps mérovingiens, cherchant **un** lieu de sûreté, un asile dans le cloître de **Saint-Martin de Tours.** Vous n'en croyez rien, Monsieur ; vous ne prenez pas au sérieux votre rôle de proscrit. Je n'ai point à vous apprendre combien d'admirateurs vous comptez dans cette société qui vous bannit, combien d'admiratrices surtout. J'en sais quelque chose, j'ai fait à ce sujet une pénible expérience. J'avais rencontré dans le monde une de ces femmes qui ne jurent que par vous. Agacé par l'intempérance de son enthousiasme, qui me semblait tenir de l'idolâtrie, l'occasion, le goût de la chicane, la jalousie peut-être et quelque diable aussi me poussant, je lui représentai avec humeur qu'il y avait un choix à faire dans vos œuvres ; que, comme nous tous, vous aviez vos défauts, qu'on vous surprenait à donner de loin en loin dans la manière, dans le procédé, dans une recherche puérile de l'effet ; bref, que vous n'étiez pas toujours égal à vous-même. Le regard qu'elle me jeta...

Ah! Monsieur, on peut être frappé de la foudre et n'en pas mourir; j'en suis la preuve.

Rassurez-vous : tant qu'il y aura des poètes, si affairé que soit le monde, ils y trouveront des lecteurs; et s'il est vrai que, pour nous emmener chez elle, la poésie doit commencer par venir à nous, pourvu qu'elle sache s'y prendre, elle nous décide facilement à la suivre dans les voyages qu'elle nous propose. Êtres bornés et toujours inquiets, nous nous aimons beaucoup, et cependant, par intervalles, il nous plaît de sortir de nous-mêmes, de nous quitter, de nous fuir. Les curiosités des humbles et des petits rôdent volontiers à la porte des palais, et les rois qui dorment mal, enviant le sommeil du mousse que berce la vague, s'irritent de ne pouvoir lire dans son cœur. Enfermés dans notre destinée, nous voudrions avoir part à celle des autres, en ressentir les émotions, nous emparer de leurs secrets et même, sortant pour quelques heures de notre siècle, du monde trop connu qui nous entoure, traverser les océans ou remonter le cours des âges, répandre dans le temps et dans l'espace toute l'abondance de nos désirs, habiter tour à tour l'âme d'un mandarin chinois, d'un derviche persan, d'un héros grec ou d'un paladin des croisades. Il nous semble parfois que cent vies ajoutées à la nôtre n'épuiseraient pas notre fureur d'exister, et ces vies que nous ne pouvons vivre, nous tâchons de les concevoir, de les imaginer. Le poète nous vient en aide, c'est le service qu'il nous rend.

Quand Ulysse fut descendu aux enfers, il se tenait debout, l'épée à la main, devant la fosse où il avait versé le sang d'un bélier noir, et, accourant du fond de l'Érèbe, guerriers, rois, devins, vieillards usés par la souffrance, jeunes femmes et jeunes filles, adolescents disparus comme un songe, tout un peuple de fantômes se pressait autour de lui. Ils étaient sans voix et sans visage, mais après s'être penchés sur la fosse et avoir bu quelques gouttes du sang sacré, ils semblaient recouvrer la vie et ils racontaient leur histoire. Comme Ulysse, le poète est un évocateur. Toutes ces ombres que nous avions peine à nous représenter, il leur fait boire du sang, et ce ne sont plus des ombres. La poussière des siècles évanouis reprend figure à nos yeux ; nous avons la joie de contempler l'invisible, nous jouissons de la présence des absents et de la compagnie des morts.

Vous avez montré plus d'une fois, Monsieur, dans vos poèmes comme dans vos drames, que vous aviez, vous aussi, le don d'évoquer les morts et les absents, et nous vous sommes redevables d'émotions, de plaisirs dont je suis heureux de pouvoir vous remercier, en vous souhaitant ici la bienvenue.

Paris. — Typ. Firmin-Didot et Cⁱᵉ, impr. de l'Institut, rue Jacob, 56. — 16902.